智达诗词集

刘驻青◎著

安徽师范大学出版社
·芜湖·

图书在版编目(CIP)数据

智达诗词集/刘驻青著.—芜湖:安徽师范大学出版社,2018.11
(2025.1 重印)
ISBN 978-7-5676-3862-4

Ⅰ.①智… Ⅱ.①刘… Ⅲ.①诗词-作品集-中国-当代 Ⅳ.①I227

中国版本图书馆CIP数据核字(2018)第261043号

智达诗词集 刘驻青 著

责任编辑:彭 敏
装帧设计:丁奕奕
出版发行:安徽师范大学出版社
芜湖市九华南路189号安徽师范大学花津校区
网 址:http://www.ahnupress.com/
发 行 部:0553-3883578 5910327 5910310(传真)
印 刷:阳谷毕升印务有限公司
版 次:2018年11月第1版
印 次:2025年1月第2次印刷
规 格:880 mm × 1230 mm 1/32
印 张:5.25
字 数:93千字
书 号:ISBN 978-7-5676-3862-4
定 价:38.00元

序

1978年举行了十一届三中全会，进行了拨乱反正，邓小平提出改革开放，开始了社会主义现代化建设的新时期。中国共产党历届政府领导着全国人民，沿着这条路线，经过四十年的努力奋斗，使我国的社会面貌发生翻天覆地的变化。2014年，我国已成为世界第二大经济体，综合国力大幅度提升，人民生活明显改善，使几亿人口脱贫，全球瞩目。祖国的发展变化和巨大成就，我耳闻目睹，亲身感受，浮想联翩，不能自已。因此以诗词赞之，以表达我内心的激动之情。

我青少年时代熟读历代古文名篇，尝试以诗词述之。这些文章多数都有治国之道和重大军事战略意义，尽我所能，表达文章的中心思想。我阅读过《三国演义》《水浒传》《岳传》等名著，至今记忆犹新，难以忘怀，亦以诗述之，希望能够以飨读者。

诚然，这些诗词中往往寓有我个人看法，是否妥当，敬请后人评说。

目　录

中　篇 / 51

下　篇 / 129

上篇

一带一路

——国际合作高峰论坛

2017年5月，我国在北京召开“一带一路”国际合作高峰论坛，是“一带一路”提出三年多来最高规格的论坛活动，对推动国际和地区合作具有重要意义。为此赋诗一首。

一带国家一路通，取优互补得兴隆。
亚投银行资本备，共商共建仍从容。
谋求发展来相聚，合作共赢俱赞同。
贸易金融互为利，畅通无阻乐融融。

港珠澳大桥

香港畅通珠海澳，惊天跨海第一桥。
中华文化五千载，赤子倾心智慧高。

增值税的春风

增值国税益谋多，企负减轻笑语和。
资金积累求发展，科技创新奏凯歌。

二十国杭州峰会宗旨

二十国家峰会功，创新增长运筹中。
包容联动为根本，开拓源泉活力通。
欧亚美非联一体，投资开放理金融。
众望所归加力度，共同发展俱繁荣。

惊世长征赞歌（四首）

——纪念红军万里长征80周年

遵义会议

遵义会诊得失因，“左”倾结束取生存。
中央确立正航导，万里长征举世闻。

四渡赤水

深谋远虑布疑阵，避实就虚又一春。
四经赤水敌难料，跳出重围前路奔。

强渡大渡河

存亡之际见红军，铁索桥前敢献身。
弹雨纷飞莫能挡，闯关天险建功勋。

跨越雪山草地

无人地带进军难，战胜饥寒生死关。
信仰满怀撼天地，抗倭救国勇承担。

我国捍卫南海主权

主权证据史图在，沆瀣为奸恶仲裁。
理正中方甭理睬，是非公道在人怀。
我军备战卫南海，不惧美军航母来。
愤怒雄狮一声吼，附庸权霸俱惊呆。

民族英雄杨靖宇

报国男儿不顾身，尽忠抗日最坚贞。
神机出没歼敌寇，重创倭奴俱断魂。
雪野森林伏陷阱，连天烽火埋敌人。
数年苦战弹粮尽，靖宇腹腔絮草根。

巾帼英雄

——东北抗日联军八女投江赞歌

巾帼英雄姐妹花，联军荟萃遇时佳。
决心抗日同盟誓，视死如归捍国家。
白水密林歼日寇，丹心凝聚耀中华。
山巅弹尽效忠处，共赴江涛跳绝崖。

狼牙山五壮士

我军主力突重围，据险全班奋虎威。
日寇屡攻不能下，死伤累累阵前堆。
狼牙壮士五人在，国恨家仇俱愤悲。
抗日捐躯为本分，跳崖赴义国魂归。

四个全面

小康建设须全面，生态文明走在前。
深化改革加力度，创新大众尽开颜。
依法治国合民意，公平正义惠人间。
从严治党人心乐，腐败扫除从政廉。

亚太经合峰会谋略

经合峰会正相逢，荟萃北京策划弘。
亚太运筹中国梦，丝绸之路若长虹。
欧洲欲达经中亚，水路中东可畅通。
建设资金毋吝惜，为公互利俱相同。

反腐倡廉　蔚然成风

反腐倡廉正党风，令行禁止进趋中。
廉洁公正在何处，节俭躬身与众同。

固本开源　富国强兵

富国强兵固根本，敌人无奈绝难侵。
创新科技与时进，伟大复兴有信心。

农业科研一枝独秀

不老宝刀袁院士，农研独步世人闻。
粮食单产惊天下，水稻冲关近一吨。
可耕之地面积少，根据国情当认真。
确保粮食能自给，国家建设不分心。

解放军赞歌（十首）

——纪念中国人民解放军建军85周年

国家柱石

起义南昌多少年，丰功伟绩亦绵延。
红旗插遍神州土，祖国盛装展笑颜。

惊世长征

星火燎原九州见，井冈山上看烽烟。
灵捷机动破围剿，万里长征壮史篇。

抗日中坚

内忧外患山河碎，挽救危亡战火间。
救国且结心意垒，抗击日寇做中坚。

倒蒋建国

谈和重庆化烟飞，怒视独裁奋虎威。
席卷蒋军八百万，奠实基业史册垂。

抗美援朝

雄姿屹立守边陲，威震八方贯耳雷。
平壤告急救朝鲜，跨江作战美军隳。

迫美谈和

小米步枪加智慧，飞机大炮视同闲。
三年血战敌军溃，迫美谈和协议签。

铁壁铜墙

百年耻辱洗涤尽，铁壁铜墙是我军。
珍宝岛前阻权霸，镇南关外灭烟云。

大败印军

翻山越岭安边境，麦克马洪败印军。
正义之师常取胜，当今权霸畏三分。

科技强军

裁军百万史空前，科技强军梦可圆。
舰艇新型骋沧海，战机卓越翥蓝天。

攻防自如

军民结合为一体，防暴救灾非等闲。
两弹一星为后盾，攻防网络跨前沿。

上海世博会盛况

经济中心遂宏愿，风云聚会创新篇。
各握神奇献珍宝，人如潮涌喜开颜。
锦绣海城不夜天，恢宏气势史册编。
五洲四海贵宾至，发展前程入眼帘。

汶川地震（四首）

地动山摇　闹市何在

地震八级天下闻，山崩地裂断人魂。
汶川闹市今何在，一片废墟瓦砾存。

措施得力　八方救援

惊动高层亲自临，措施得力出胸襟。
一方有难八方救，主力救援解放军。

国人悲伤　捐钱捐物

同胞闻讯肝肠断，捐物捐钱赤子心。
仁人志士奔一线，救死扶伤安众人。

海外华侨　解囊相助

海外华侨闻噩耗，相期聚会悼伤神。
解囊相助情无限，故土追思怀念深。

三峡大坝赞歌

巍峨大坝入云天，治水兴国路几千。
数代精英凝聚力，高歌神女赞人间。
碧水西来无际渊，长河涨落以为源。
人民欢笑何为乐，发电防洪灌溉延。

【注】神女：指舜的季女瑶姬，巫山有其庙。

西藏（四首）

——青藏铁路通车之联想

历史渊源　血肉相连

文成公主去塞边，传授蚕桑多少年。
血肉相连书史载，藏胞不忘在心间。

高原铁路举世无双

火车大道建高原，千险万难何惧艰。
内地边疆为一体，民族融洽舞蹁跹。

灿烂文化布达拉宫

文化传承灿烂篇，童身佛祖有渊源。
宾朋四海慕名至，布达拉宫菩萨天。

旧貌新颜再现辉煌

开放改革边境连，何时旧貌换新颜。
存疑老外自来看，美不胜收赞赏欣。

端正党风

讲求实效真诚美，反对浮夸假大空。
清正廉洁为本分，一身正气尽为公。
联系干群正党风，桥梁纽带置心胸。
胸怀敞亮公仆做，身体力行不语中。

执政为民

脚踏实地在于恒，深入调研察所情。
谦虚谨慎办实事，执政为民事业兴。
开阔胸怀纳才俊，科学发展好前程。
前赴后继无间断，伟大复兴功业成。

为教奉献

经济腾飞不等闲，兴国科教要为先。
义教推行计长远，人才涌现有渊源。
投身教改教学研，吐纳英华迈向前。
成果赫然多贡献，诸君默默艺才捐。

九莲塘公园

朴实淡雅简成装，花木扶疏沿岸旁。
老少怡然皆自得，小桥过后到坻庄。

【注】坻庄：指老年之家，建在水中一块陆地上。

大桥梦

1958年，芜湖长江大桥指挥部挂牌成立。1997年3月22日正式开工，2000年9月建成通车。历时43年，芜湖人终于圆了大桥梦。

芜湖长江大桥以其大规模、新技术和一流的质量，成为中国桥梁史上继武汉、南京、九江长江大桥之后的第四座里程碑，它无愧于世纪桥梁标志性工程的称号。有感于此，赋诗一首。

滔滔江水向东流，天堑欲逾使我愁。
四十三年大桥梦，长虹一道任人游。

张家界

峰势天门世所稀，神农架上探传奇。
物种始源从未见，科学考察野人迷。

【注】天门：指山峰形成的门。

收复香港

一国两制建奇功，还我山河慰列宗。
华夏子孙尽欢乐，弹冠相庆主人翁。
红旗高举壮雄风，威武三军海陆空。
丧失主权将百载，洗涤国耻众心同。

抗洪之歌

滂沱暴雨汇激流，水涨三江人尽愁。
百万军民齐奋战，抗洪抢险运筹谋。
惊天动地洪魔斗，气壮山河无匹俦。
血肉长城何所见，献身壮士不回头。

【注】三江：指长江、松花江、嫩江。

大禹治水

远古时代，芜湖称中江，禹治水期间曾带百姓疏导过中江（青弋江）。当代芜湖人为纪念这位伟人，于镜湖公园树立大禹雕塑巨像，以教育子孙后代继承其坚韧不拔、不畏艰难险阻，披荆斩棘，勇往直前的大无畏精神。因此作诗一首。

虞舜之时水为患，洪灾泛滥害生民。
灾情鲧治无功返，依法被诛诫众臣。
请缨大禹承其业，奔走山川水势分。
家门三过无暇进，水道疏凿通海滨。

城市改造

无踪平舍变高楼，故所欲寻使我愁。
往日亲朋何处去，乔迁琼宇乐悠悠。

夜市步行街

琼楼玉宇闪霓灯，五色彩石铺路成。
不染一尘如海市，店中宾客喜盈盈。

思　乡

浮想联翩不能忘，山清水秀是家乡。
思林老鸟恋乡土，叶落归根亦正常。

美人蕉

花开花落几多番，经久不衰却更难。
过路女郎凝目视，红装未若美人丹。

咏　菊

湖畔深秋何似春，彩菊荟萃亦缤纷。
百态千姿风景异，争奇斗艳夺人魂。
二龙戏宝天工巧，偌大花篮见匠心。
谁为江城织此锦，新人一代艺才陈。

春游镜湖

和风拂面岸边行，垂柳依依春日晴。
接目涟漪窥倒影，水晶深处见风情。
白云托日彩霞映，佳丽舟中双目凝。
织女何时为此锦，天衣降落女郎迎。

镜湖雨天

大雨倾盆浓雾沉，珍珠一洒亮晶吟。
轻烟垂柳结帷幕，怕有路人起盗心。
风婆破例雨师怜，无浪微风起皱纹。
四月春光时已晚，天工奇景最清新。

瞭望塔之思

春夏之交，天气晴朗，去著名景点赭山一游。由山麓相望，林木扶疏，郁郁苍苍，生机盎然。山不在高，有林则景。登山之路多由石板铺就，盘旋而上，沿途间有人造树根为凳，供人休息。阳光从浓密树荫射下，如丝缕金线洒落游客身上。我边走边歇，林荫道上气流清新，呼吸顺畅，不觉神清气爽，心态怡然。我已是耄耋之年，登上山顶亦不甚累。山峰上昔日爱晚亭不复再见。新造一座六角亭，分上中下三层，周边窗户全用玻璃装饰，玲珑剔透，极为精湛，名之曰：瞭望塔。因此作诗一首。

瞭望塔前望前景，富强中国好机缘。
登峰一览江山秀，长策宏图梦可图。

【注】长策宏图：到2049年把我国建设成为富强、民主、文明、和谐的社会主义国家。

黄　山

黄山举世闻名，气势磅礴，巍然壮观，飞泉瀑布，飞漱其间。徐霞客登临黄山时赞叹：“五岳归来不看山，黄山归来不看岳。”诚不为过。

飞流直下挂中天，树木葱茏处处连。
旅客高空缆车过，天都峰下万寻渊。
缓步竹桥亦颤颠，悬崖峭壁两山间。
黄山峰上光明顶，迎客松邀在眼前。

生　机

芜湖市直机关党委原坐落在范罗山葱茏树木之中。我于1983年被抽调至此工作，偶有佳兴，遂作此诗。

春雨霏霏天不开，山林寂寂少人来。
聚神公务繁忙事，甘露滴滴润在怀。
古木扶疏多少载，葱茏枝叶掩窗台。
小楼处处生机满，灯下疾书见艺才。

南京书画展

1984年5月，我与芜湖市中学教师数人去南京参观全国书画展览。书画展中书法以草书见长，挥洒自如，如行云流水，似有冲天之志，可以激发人意。画卷以小草最为惹眼，极为奇特，其草生于悬崖峭壁之上，迎风屹立，似动非动，有无限的生命力。可谓“疾风知劲草”，名副其实，令观者驻足。以此赋诗一首。

南国金陵紫气衔，龙盘虎踞势绵延。
娇颜受宠朱洪武，垂爱雄姿孙逸仙。
当代名流壮思捐，书章画卷若云烟。
笔走龙蛇继先统，风情山水又一天。

寄寓园丁

教育改革时正佳，腾飞经济赖英华。
良才得继千秋业，犹待园丁抚百花。
培养人才利国家，芬芳桃李遍天涯。
宾朋有幸神州土，处处高楼映彩霞。

九华山

1979年5月，芜湖市教育工会组织优秀教师去佛教圣地九华山旅游参观。时值文化大革命结束不久，原藏地下密室的地藏王肉身菩萨、树叶经文、独角铜兽等，今复现于世，得以一见。有感于此，赋诗一首。

佛教禅房尽傍山，乘车盘道几回环。
地藏菩萨肉身在，古刹殿中任仰瞻。
树叶印文天下罕，佛家经典置阁栏。
青山庙宇垂千古，洪亮钟声应谷然。

芜湖状元张孝祥

张孝祥才气纵横，著有《六州歌头·长淮望断》《念奴娇·过洞庭》。他深受中国优秀传统文化熏陶，忠义爱国，与国贼不两立。眼见祖国大好山河日削月割，都是大奸贼秦桧嫉贤妒能，残害良将所致。遂愤然辞官，回归故乡芜湖，因壮志难酬，郁郁不得意，病死家中，年仅38岁。有感而发，赋诗一首。

园里林中奠，石人入眼帘。
奇才何处是，南宋之状元。
生平颇仗义，百亩祖田捐。
故往追其记，陶塘改乐园。
不忍山河碎，孝祥最恨奸。
国贼为秦桧，持政不容贤。
辞官归故里，郁郁不开颜。
壮志难伸展，夭折人世间。
流连看遗像，才子梦难圆。
感叹江城事，游人驻足前。

千古清官包拯

北宋仁宗时代，出了一个著名清官包拯，铁面无私，不畏权贵，公正断案，保护平民百姓。民众誉为包青天，流传千古。我青年时代阅读《七侠五义》，往日曾听合肥长者所言包拯二三事，有感而发，赋诗一首。

清官千古包文拯，无畏无私赞世间。
国舅鲸吞救灾款，虎头铡下赴黄泉。
含冤百姓来申诉，包拯府衙明镜悬。
暗访明查重实据，民冤昭雪誉青天。

镜湖娇（二首）

（一）

初夏生机盛，岸边花卉馨。
景美心扉乐，香飘游客闻。
艳丽荷花女，风情却逼真。
宾客慕名至，怡然欲断魂。

（二）

环湖杨柳绕，半月天工桥。
瑶池何处是，入境自逍遥。
长廊无限妙，绿树掩檐梢。
纵目江城傲，镜湖一片娇。

话今昔（二首）

——粮食丰产之联想

（一）

五谷胜如金，产粮四亿吨。
饥馑不重返，人均八百斤。
抚今且思昔，民众历艰辛。
百姓为粮困，国人记忆新。
千室炊烟断，万村饥饿临。
逃荒无定所，流落卖子孙。
民族灾难重，列强共瓜分。
国破山河碎，幸存赤子心。

（二）

先驱觅真理，壮士赴戎机。
危难图存志，风云启动急。
三山被推倒，苏醒巨人奇。
图强赖赤子，画卷展宏姿。
三中全会起，重大转折期。
共走富强道，改革推进时。

中篇

《太史公自序》

受辱宫刑志更坚，凝成巨著在心间。
考查佚史三千载，综合始终《史记》编。
成败兴亡为定论，流传千古耀光炎。
后人鉴别兴衰事，告慰太公安九泉。

《屈原列传》

竭智尽忠事楚君，谗言惑主被疏臣。
壮图受阻难施展，名著《离骚》昭怨心。
怀瑾握珠绝俗尘，忧愁国难见忠贞。
治世良谋不为用，汨罗投水葬洁身。

《廉颇蔺相如列传》

怒发冲冠斥殿堂，空言求璧甚荒唐。
一身正气朝堂上，完璧归还理正当。
将相齐同国运昌，廉君悔过拜厅堂。
文攻武卫两相济，不畏强秦犯界疆。

《项羽本纪》

灭秦复楚建奇功，政出自如谁不从。
西楚霸王邦九郡，分封致乱必然中。
怀乡去险到关东，不用良才附沛公。
楚汉相争何落败，武力经营位不终。

《过秦论》

长策蚕食成一统，不施仁政务桑农。
书焚儒戮防民变，铸以金人销镝锋。
繁徭苛税不间断，十宝民家九室空。
陈涉首先揭竿起，沸腾民怨俱围攻。

《论贵粟疏》

轻徭薄赋广积粮，耕种农家居是乡。
贵粟丰财民富足，不愁水旱供军粮。

《答客难》

争霸诸侯亦畏亡，拔擢智士进朝堂。
高官厚禄多珍宝，富贵子孙不正常。
天下统一国运昌，各安其所任专长。
东方处士居卑位，心迹自明论细详。

苏武传

受职奉命使蕃军，不畏剑锋加义身。
北海牧羊十九载，留名青史汉家尊。

《为幽州牧与彭宠书》

国恩所系汝何矜，海内为一生叛心。
居功自傲争天下，割据一方萌祸根。
起兵轻率害生民，天子不容尔不存。
仅此一州不知量，犹如捧土塞河津。

《谏　猎》

围猎隐危当可信，事关九鼎惜珍身。
万有一危钟所乐，权衡舍此百官心。

《谏营昌陵疏》

历代圣贤察始终，存亡之道史书穷。
始皇营造骊山墓，一统江山二世终。
厚葬山坟民怨重，屡遭掘盗尽相同。
以简安神孝文帝，为模息庶可追从。

《让县自明本志令》

其志自明实有限，位登丞相达峰巅。
中原逐鹿荡群寇，天助汉家何自谦。
欲去兵权谋隐退，国家倾覆受牵连。
江湖未定位难让，爵禄无须再赏添。

《钱神论》

钱之为体乾坤象，如水流行达四方。
能使尊严开笑口，贪官豪富聚私藏。
取财有道不铺张，勤俭节约奔小康。
轻看钱财常自乐，扶危济困不彷徨。

《桃花源记》

放逐渔舟入古津，桃花两岸落缤纷。
人间仙境在何处，洞过源头见小村。
阡陌竹桑鸡犬闻，往来耕作似常人。
自云先世避秦乱，与外隔离绝世尘。

《兰亭集序》

竹林曲水汇兰亭，少长咸集叙雅情。
得失看轻是常道，古今一体叹人生。

《哀江南赋》

奉使异邦阻返程，金陵倾覆叹飘零。
秦庭悲痛哭无路，屈就周食非所情。
壮士不还易水冷，西风萧瑟惨心灵。
忘忧鲁酒实无用，悲愤满怀何处倾。

《登大雷岸与妹书》

少怀壮志就豪门，伟业长图心意存。
肌裂风悲天气冷，途登千里历艰辛。
三州东近淮河隔，九派西临浔水分。
纵览山河无限好，含霞饮景托孤云。

《奏弹曹景宗》

孤城援绝赖军魂，视死如归见烈贞。
苦战终年粮草尽，道恭殒逝泣人神。
景宗坐视避敌人，畏死逗桡不进军。
重任失职当审判，英灵得慰遂人心。

《滕王阁赋》

豫章故郡谓南昌，雄镇东南踞一方。
牛斗龙光贯天地，畅通楚越近三江。
帝子长州出才俊，登阁操笔赋词章。
历史名城多少载，建军八一最辉煌。

《奉天请罢琼琳大盈二库状》

献巧媚臣设金库，玄宗由是侈荒淫。
历经考证无前制，由盛变衰理自明。
天不隐私昭日月，地无私载聚群生。
财珍尽出赏军旅，小宝虽无大宝成。

【注】小宝：指财珍。大宝：指江山。

《马　说》

识人善任一时稀，千里良驹人不知。
鉴别良才为我用，弱强转化正当时。

《师　说》

不知解惑必求师，长幼互学最适宜。
术业专攻能致道，韩公为此告相知。

《柳子厚墓志铭》

治世良才道不通，无缘将相仍从容。
文学致力遂其愿，韩柳齐名后世同。

《张中丞后叙》

叛将举兵涌进关，虎狼直入犯长安。
张巡许远扼其势，死守睢阳人未还。
天下未亡谁赴难，朝臣非议不为然。
韩公铁笔为诽谤，百姓立祠悼念繁。

《封建论》

分封割据令难遵，天子诏书谁当真。
争霸诸侯为患害，烽烟四起不安神。
历来郡县不须更，委派官员在自身。
权属中央囊四海，黎民乐业尽归心。

“三戒”（三首）

柳宗元以寓言形式写物，其实是指人有三戒。依仗主人，不分敌友，其一戒也。形庞无德，缺技少能，自以为是，其二戒也。不务正业，偷盗为生，其三戒也。余以诗分别述之。

临江之麋

依仗主人非自明，不分敌友祸从生。
麋鹿不知审时势，分尸道上路旁呈。

黔之驴

声响无能别自夸，形庞少技质能差。
命终技尽为其笑，不露所能虎惧它。

永之鼠

主人忌讳纵骄横，无患饱食偷盗中。
后人来此为除害，杀鼠如丘弃隐窿。

《救沉志》

大水武陵酿重灾，一僧率众起尘埃。
人畜被淹皆得救，虎淹阻拯道由来。
区分善恶经书载，理应是非分别开。
猛兽生还为祸害，去凶行善我佛怀。

《〈李贺集〉序》

云烟倚水言情态，阵马风墙语壮怀。
美女时花增艳色，悲愁怨恨叹兴衰。

《阿房宫赋》

秦宫迤逦至骊山，渭水胭脂竟泛澜。
珍宝弃之如粪土，困民水火计生难。
起义风云点燃后，挥戈楚将破秦关。
三月火烧无熄灭，无垠焦土绝人寰。

《岳阳楼记》

岳阳楼望巴陵郡，墨客赋诗留记文。
进退俱忧天下事，后天而乐觅知音。

《醉翁亭记》

文学艺术改革家，一代文坛溢俊华。
滁州畅达山川秀，景物交融境界佳。

《伶官传序》

忧劳兴国古今同，存不忘亡勤政中。
自满招失谦得益，防微杜渐志恢弘。

六　国

合从六国拒强秦，五战三捷见赵军。
良将谋臣得其用，秦人食睡不安神。
割地求和弗可论，国家疆土赖生存。
救火抱薪无熄灭，世人抗霸遂同心。

三　国

曹军虎视并江南，降战东吴却两难。
主战周郎排众议，吴侯决断不平凡。
献谋奇士计连环，诸葛推波助浪澜。
赤壁火攻曹大败，三分天下北军还。

治 心

主将所为先镇静，山崩海啸也无惊。
操戈不懈安国境，民富财丰农乐耕。
理势瞭然再举兵，料敌制变察其情。
众心同欲常能胜，示短隐长诱敌行。

《墨池记》

水池尽墨志学书，后世未及学不如。
独具一格千古赞，羲之可鉴重学途。

《度支副使厅壁题名记》

理财法善古今同，财有法无一场空。
守法择司理财好，安居百姓致兴隆。

《前赤壁赋》

江中月夜乘孤舟，把酒临风尽兴游。
羽化登仙无尽乐，故时往事涌心头。
周郎设计保吴侯，赤壁火烧千古流。
铁戟沉沙时已久，孟德败北几多秋。

《答谢民师书》

行云流水见华章，文理自然意味长。
存心事物达微妙，姿态横生登雅堂。

《文与可画筼筜谷偃竹记》

成竹熟视置胸中，振笔随心一气功。
经久不息能致道，神形俱至逼真容。

《黄州快哉亭记》

登亭江畔亦幽闲，出没舟楫在眼前。
草木山冈皆可见，渔樵村舍络连绵。
乐于方外绝尘间，富贵功名犹淡恬。
放眼黄州山水秀，长林明月伴君眠。

《送秦中诸人引》

山川之秀数关中，习气风声秦汉同。
与友相交心意合，遂同探索考峥嵘。

《跋赵文敏公书〈巫山词〉》

瑶姬神女化巫山，花卉从林气若兰。
历代文人美词赞，秀峰叠崿势回环。

《原　君》

古代人君尽好公，除邪兴利以为荣。
终生劳苦无私利，辞舜许由乐就农。
后世帝王不与同，相争夺位重私浓。
大权在握尽为己，百姓遭殃水火中。

《会稽刻石》

并吞六国告成功，海内为一法令同。
颂烈群臣为石刻，法规军事俱恢弘。

《病梅馆记》

文人画士独孤情，惟喜枝斜曲折形。
删密斫直去其正，生机阻遏痛心灵。
划圈梅馆治伤症，释缚毁盆任长生。
尽力余年托雅兴，钟情怜惜亦心诚。

居庸关

燕京西北四重关，首尾相连贯一环。
锁钥北门谁敢动，陈兵固守境边安。

《劝学篇》

青出于蓝胜过蓝，水能穿石亦何难。
为人若有精诚志，功业自成无阻拦。
博览群书攻破关，古为今用智回环。
自然规律是常道，因应时势乘风帆。

《孤　愤》

大权旁落给奸佞，官吏无能处殿庭。
智士贤能不为用，君王失势不知情。
法能之士察分明，烛照权臣见秽形。
人主身边才俊满，国家昌盛利民生。

《谋　攻》

全利屈人不用兵，须知彼此贵权衡。
识之众寡常能胜，以少胜多察势形。

《公　输》

墨翟智辩楚王庭，演示朝堂救宋城。
九攻九拒公输败，楚王作罢不兴兵。

得道多助

天时地利逊人和，执政为民得助多。
固国无须山水险，人心凝聚定山河。

鲲　鹏

鹏为鲲化上青天，六月为期南海迁。
九万里高览星月，绝伦奇景不留连。
何必迢迢飞万里，学鸠斥鴳笑之言。
腾跃榆蒿常自得，逍遥自在另一天。

晋灭虞虢

予敌借道灭其邻，唇齿不依亦被吞。
受贿不知当悔过，抱牵马宝奉敌人。

平蔡之役

受职李朔察军营，克己奉公厚士兵。
知人善任能决断，制胜出奇拔蔡城。

秦晋殽之战

违背良言强用军，劳师袭远所非闻。
全军覆没辱三帅，败将不罚责自身。

楚宋泓之战

交战在即礼义行，枉为主帅不知兵。
良机屡失三军败，中箭受伤无悔情。

晋楚城濮之战

救宋报施举义兵，退回三舍报前情。
有节有礼终于胜，一战立威霸业成。

齐宋长勺之战

一鼓作气避其锋，再衰察势仍从容。
我盈彼竭再交战，敌败无伏追未穷。

诸葛亮之歌（十六首）

茅庐划策

卧龙冈上隐伏龙，未出茅庐划策宏。
地利天时吴魏有，人和我得霸西戎。

屡败曹军

初露锋芒新野城，曹军屡败汉贼惊。
古来名将知多少，未若孔明善用兵。

智激孙权

危亡之际下江东，智激吴侯决战锋。
舌战群儒惊四座，孙刘联合建奇功。

草船借箭

嫉才公瑾立军威，造箭限期十万枚。
诸葛智谋高北斗，草船借箭雾中归。

火烧赤壁

周郎定计破曹公，心病存疑卧榻中。
诸葛预知天象变，火烧赤壁借东风。

捉放曹操

巧施关羽华容道，忖度云长必放曹。
天下三分犹未定，故留对手不彰昭。

站稳脚跟

已破曹军运智谋，一挥羽扇入荆州。
脚跟站稳与时进，大业西图再运筹。

锦囊三策

和亲意在荆州业，困备久留返不着。
三策锦囊起神效，周郎妙计又夭折。

鼎立势成

庞统西征遭挫折，伏龙受任报连捷。
贤臣良将拥明主，定鼎成都扬汉德。

八阵名图

白帝城东先帝败，石头奇阵困吴军。
孔明奇事言难尽，八阵名图旷古今。

励精图治

先帝托孤受遗命，励精图治最祥和。
严明科教人心乐，道不拾遗民赞歌。

退敌五路

司马仲达定计谋，兴兵五路犯成都。
闲庭信步伏龙相，智退诸敌魏败输。

安邦定国

寝不安神理军旅，食无甘味定和谐。
边陲烽火未曾断，上策攻心南靖捷。

挥师北进

联合东吴气势延，挥师北进定中原。
木牛流马运粮草，山谷葫芦见火烟。

空城妙计

仲达交锋惧龟缩，曹真畏蜀亦惶惶。
空城妙计传佳话，进退裕如未可量。

鞠躬尽瘁

操劳军务饮食减，鞠躬尽瘁竟长眠。
无私奉献垂千古，智慧流传人世间。

三国人物（八首）

关　羽

义薄云天美髯公，远途护嫂去寻兄。
五关六将人何在，偃月刀前俱命终。
美女金银心不动，高官厚禄眼中空。
心存汉室三分鼎，义在桃园生死同。

张　飞

环眼虬须一声吼，虎牢关下战温侯。
雷声惊退兵千万，长坂大桥激水流。

赵　云

万马军中救阿斗，虎威大将匹无俦。
奔驰如入无人境，枪挑剑挥神鬼愁。

马　超

年少英雄锦马超，报仇为父灭曹操。
大战潼关闻四海，孟德胆颤落须袍。

黄　忠

百步穿杨黄老公，定军山下显威风。
鼓声大作震天地，名将曹营一命终。

刘　备

孝景皇家七代孙，匡扶汉室最坚贞。
历经磨难机缘至，三顾茅庐得辅臣。
誓与汉贼弗两立，举兵西进定基根。
汉中曹败追穷寇，何用祁山六出军。

孙　权

纵横捭阖固江东，不枉父兄历代雄。
大难举贤能决断，为夷化险仍从容。

周　瑜

才华横溢看周郎，辅佐东吴据一方。
不畏强敌排众议，火烧赤壁史辉煌。

岳飞及其岳家军传奇（二十六首）

岳母教子

教儿岳母有良方，家境贫寒无纸张。
笔以树枝沙作纸，飞学认字读文章。
牢记铭言莫能忘，精忠报国刺脊梁。
少儿磨炼坚其志，忠义满怀孝敬娘。

拜师周侗

少年英武志昂扬，师拜周侗登雅堂。
白日学文夜习武，武功兵法俱精良。

机缘获宝

古庙溪边杀巨蟒，高僧赠送沥泉枪。
夺魁县考列金榜，嘉奖宝驹千里装。

国家开考选将

国家安境需良将，开考武厅论短长。
奸诈梁王怀反意，竟来争夺状元郎。

不畏王权

不畏王权岳鹏举，奔驰白马亮银枪。
奸王一见生寒意，对手武功未可量。

枪挑梁王

此人呼立死生状，主考认为理正当。
生死文书落于手，岳飞枪挑小梁王。

智勇无双

过人智勇见深山，八百奇兵伏后关。
独骑敌营诱其进，火烧敌众少生还。

还我山河　训练岳军

还我山河为己任，精心训练岳家军。
英雄四海来归顺，纪律严明得众心。

锏服杨再兴

草莽英雄杨再兴，山前交战定输赢。
岳飞亮出银装锏，落马再兴归意诚。

镖惊余化龙

无敌双枪余化龙，军前决战论雌雄。
岳飞镖打马铃响，惊倒枪王亦顺从。

义服水寇

洞庭水寇常为患，政府用兵难太平。
救国为先策鹏举，义德感召投军营。

岳军被困　高宠破围送粮

金兵进犯中原时，被困牛头山岳飞。
高宠破围送粮草，滑车连挑振雄威。

先锋破敌

尽忠报国扫金兵，前部先锋杨再兴。
交战连捷谁敢挡，金军被毁十三营。

岳云建功

岳飞长子在家乡，精湛武功一栋梁。
救驾击杀银弹子，英名遐迩尽传扬。
兀术居心却不良，欲俘人质岳飞娘。
岳云奋起击群寇，横扫金兵尽死伤。
惊闻父帅处危境，快马长途奔大营。
久患敌酋金弹子，岳云锤毙振军情。

岳军迫敌　金兵退守

兀术交锋连失利，岳飞屡胜振威声。
金兵退守朱仙镇，迫敌岳军大势成。

朱仙镇决战

遣将调兵经决战，八锤四将有谁拦。
金营突破众奔散，大败金兵心胆寒。

孤儿流落金营

陆登之子陆文龙，城破家亡襁褓中。
兀术收留为义子，成年武艺最精通。

岳军受阻　王佐断臂

双枪骁将陆文龙，阻止岳军推进中。
王佐献身断其臂，诈降奔走敌营从。

告白真相　乳娘作证

寻机得见陆家人，往事据实道假真。
小将迟疑难置信，乳娘作证表丹心。

文龙反正　建功归国

投信岳营为内应，家仇国恨欲归诚。
后营纵火烧粮草，毁掉滑车左右营。

岳军进攻　金兵大败

排山倒海岳军进，大破连营马不停。
兀术逃亡胆肝碎，风声鹤唳怕追兵。

剑指黄龙府

国土岂容敌占侵，岳军疾进卷残云。
麾师剑指黄龙府，二圣迎回臣子心。

君臣保位　力主和谈

高宗秦桧计连环，力主谈和军路拦。
二帝若回位难保，金牌不断召飞还。

岳家父子被害

罗列罪名莫须有，人神共愤俱忧愁。
风波亭里被杀害，岳氏军魂忠烈留。

瞻仰国魂　唾弃奸恶

英雄武穆垂千古，邪恶君臣臭万年。
瞻仰国魂岳王庙，奸贼夫妇跪于前。

西汉谋臣张良（五首）

谋杀暴君

国恨家仇张子房，结交勇士铁锤郎。
暴君巡出时机到，博浪沙中击始皇。

异人传书

误中副车甚惆怅，逃亡避祸姓名藏。
机缘幸遇黄石老，授与奇书心亮堂。

沛公受策

秦末九州多义军，欲传奇策觅明君。
诸人听后莫能解，惟有沛公领悟深。

献计图强

火烧蜀道计谋长，简政富民图自强。
荐举将才为汉用，明修栈道度陈仓。

劝汉一统

楚汉相争誓不休，鸿沟为界楚无忧。
张良明察审时势，劝汉围歼一统筹。

水浒英雄武松（五首）

景阳冈打虎

豪气冲天武二郎，挥拳打虎景阳冈。
英雄壮举除民害，百姓口碑尽颂扬。

格杀西门庆

冤死长兄甚恸伤，明察暗访亮胸膛。
格杀淫棍西门庆，祭奠灵堂号断肠。

醉打蒋门神

孟州恶霸害人民，强占酒家快活林。
正义伸张为本分，武松醉打蒋门神。

血溅鸳鸯楼

恶霸贪官定计谋，二郎受害记心头。
飞云浦上扫杀手，血溅酒楼名姓留。

桃花山落草

避祸逗留十字坡，化装行者走江湖。
桃花山上有知己，落草栖身酒一壶。

下篇

浪淘沙·记墨子卫星量子密钥通信

墨子入云天，首创新篇，卫星量子见真颜。密钥信息防黑客，确保安全。

量子科学卷，投助多年，科研成果独为先。吸纳人才英杰聚，好梦绵延。

念奴娇·依法治国

倡廉反腐得人心，举报纵深推进。老虎苍蝇一起打，落马贪官受审。吏不容奸，腐贪必肃，廉政为根本。人民赞誉，伟大国家幸甚。

一览当代中华，生机旺盛，发展无穷尽。创业创新潮势涌，科技升华诚信。四海宾归，五洲客至，相交不停顿。龙吟狮吼，宇寰腾达为晋。

声声慢·科技攻关者

2015年10月，屠呦呦获得诺贝尔生理学或医学奖。屠呦呦是第一位获得诺贝尔科学奖项的中国科学家，也是第一位获得诺贝尔生理学或医学奖的华人科学家。屠呦呦及其团队，经过数十年艰苦奋斗，不懈地探索追求，发现青蒿素——一种用于治疗疟疾的药物，挽救了全球特别是发展中国家数百万人的生命。

兢兢业业，恳恳切切，卓卓踏踏实实。科技创新连续，不能稍息。科学领域争夺，激烈途，云生风急。应号召，献丹心，却是同僚共识。

项目科研堆积，须汝等，倾心意一同摘。据守平台，探索开发尝试。钻研忘身致志，览群书，点点滴滴。剑鞘响，启覃思，登顶在即。

一剪梅·逐倭奴

（纪念抗日救国英烈）

日本投降七十秋，日寇侵华，痛在心头。血腥遍野泪难收，国破家亡，无限悲愁。

一见红旗遂解忧，抗日从戎，敌忾同仇。此生无憾汇洪流，清扫倭奴，乐见九州。

渔家傲·滨江公园

一日，天朗气清，惠风和畅，我兴致盎然去滨江公园浏览。由宝塔根附近，登梯而上至防水墙顶端。久负盛名沿江古塔，赫然在目，巍巍壮观。此塔年代久远，虽已修复，却看不见一点修葺痕迹，其工艺精湛，令人叹为观止。向北而行，防水墙内外林木葱茏，间有花卉，生机勃勃。凭栏而视，舸舰弥江，往来船只穿梭，在阳光照射下，泛着金色浪花，使人心旷神怡，大有水阔凭鱼跃，天高任鸟飞之感。

江畔园林春意盎，一条锦带沿屏障。古塔云天依水傍，江涛上，争流舸舰泛金浪。

游客徘徊却遐想，沧桑变迁非昔往。锦上添花令难忘，能巧匠，精工美景供欣赏。

蝶恋花·高科技腾飞

岁月蹉跎何太久，盛世期逢，不舍还依旧。每日江山添锦绣，九州奇迹天天有。

伟大复兴同感受，科技创新，不断连环扣。神九天宫对接后，蛟龙入海深渊透。

【注】神九：神舟九号飞船。蛟龙：蛟龙号载人潜水器。

浪淘沙·上海世博会

世博会难逢，举办匆匆，花团锦簇见娇容。共聚全球宾客处，献宝无穷。

上海起飞中，跃进金融，五洲四海共繁荣。根据自身谋发展，不与谁同。

满庭芳（三首）·奥运会

梦想百年，国人期盼，中华伟大复兴。激情奔放，奥运寄深情。多少莘莘学子，北京聚，服务热忱。条条路，繁花似锦，馨雅伴人行。适时来老外，纵情笑谈，相与忘形。甚欣慰，航楼妙境横生。国力财源充分，兴盛事，水到渠成。京城美，鸟巢新颖，水立馆齐名。

序幕组编，绝伦精湛，文明史不等闲。光芒四射，上下五千年。圣火飞人燃点，九州上，歌舞翩跹。销魂处，流光闪耀，火树彩霞天。全球看奥运，贵宾赞赏，宿将开颜。开幕式，史无盛况空前。载举神州青史，堪着墨，壮丽诗篇。将就寝，夜阑人静，明月照窗帘。

中国健儿，冲天豪气，认真备战齐同。体坛拼搏，德品树新风。跳水体操举重，争夺战，取胜从容。君可见，乒乓王国，铁壁最难攻。羽毛球险胜，男单仰卧，大笑不穷。凯歌奏，人群欢乐融融。吟啸巨龙崛起，惬人意，千载难逢，金牌数，雄居榜首，正气贯长史虹。

水龙吟·三峡大坝

百寻云雾飞飘，巨龙群挂竞呼啸。渊深库大，清波荡漾，航船鸣叫。百万移民，九州安顿，相欢言笑。蓄流千万里，润泽国土，辉煌史，千秋照。

世纪工程佼佼，伟宏图，国人为傲。山峦为岸，连环峭壁，神工天造。千古一堤，百年壮举，口碑称道。看江流北调，长图伟业，吐吞奇妙。

长江魂（四首）·永恒不息

江水流，江水流，波涛滚滚使人愁。君问如何能得过，彩虹数道任人游。

江岸长，江岸长，江堤千里固金汤。两岸人民何此乐，三峡大坝谱辉煌。

航舰鸣，航舰鸣，航船鸣叫水中行。巨舰万吨到重庆，物流通畅不须停。

波浪高，波浪高，农田作物水来浇。调水长江载青史，淌流北土建功劳。

水调歌头·神舟五号载人飞船

十载磨一剑，梦上九重天。飞船驰骋太空，怡悦自开颜。我探天宫之路，尽览苍穹星月，奇妙亦流连。使命遂成后，飞降至人间。

见长城，停草地，倚窗舷。炎黄赤子，何以久违迎我前。歌舞联欢相庆，情系国威壮举，此为谱新篇。蓄势应时至，探索再绵延。

沁园春·芜湖长江大桥

彩练横江，千里奔流，万顷波涛。四十三载梦，长江天险，如何跨越，展现今朝。两岸人民，偕同老少，一览神工架伟桥。凭栏处，浪涛东向去，魄动神摇。

鸠兹举首冲霄，客商睹新颜兴致高。坦宽枢纽道，贯通南北，恢宏气势，再领风骚。江畔名城，商机日盛，谱曲辉煌纳俊豪。君放眼，九州高科技，日赶月超。

水龙吟·高楼放眼芜湖市

大江浩荡东流，眼帘舸舰几多里？天高日皎，水光旖旎，未穷涯际。古老中江，山清水秀，俄然兴起。水航通四海，不分昼夜，南船往，北船至。

闹市井然有序，展风姿，恢宏壮丽。蜃楼海市，亦难匹比，流连不已。兴奋之余，昔年老友，互倾心意。诉心中往事，高楼共赏，毕其兴致。

满江红·抗洪大决战

1998年入夏，滂沱大雨，沿江城市超过警戒水位。各地纷纷成立抗洪突击队、抢险队。解放军战士奔赴抗洪前线奋战，随处可见军民结成人墙在水中挡浪冲击，不少军民为救百姓献出了宝贵生命。这场史无前例的抗洪大决战，是中华儿女撼天地、泣鬼神、气壮山河献身精神最集中的体现。必将永载史册，激励后代子孙，披荆斩棘，勇往直前。

雨骤云飞，浓重雾，愁眉不展。江水急，奔腾咆哮，浪涛拍岸。百万军民齐奋战，江堤千里除危患。水浪拦，呼救投石声，大堤捍。

突击队，赴危难，全昼夜，流血汗。卫三江情笃，死生无憾。血肉长城何所见，献身壮士不回返。我民族凝聚力昭然，狂澜挽。

满庭芳·香港回归

往事沧桑，不堪回首，列强侵我邦家。索财割地，屈辱我中华。志士仁人奋起，奔国难，血染黄沙。天河水，荡涤国耻，涮洗到天涯。

蒙尘将百载，光明重见，处处烟霞。幸中国复兴，锐意奋发。赤子弹冠相庆，群情乐，无以复加。从今后，江山依旧，画卷绽春花。

杨柳枝（二首）·湖边即景

闲暇无事，散步湖边，偶见一对青年男女似是学子，傍依垂柳，窃窃私语。良久，依依不舍，握手而去。遂生遐想，乃作词。

沿堤花卉柳枝摇，袅袅春风动舞腰。正是丽人私语处，一湖碧水月圆桥。鸠兹南岸柳丝条，金线根根掸发梢。情意绵绵挥手去，留学赤子路迢迢。

湖边漫步又一春，草木扶疏鸟语闻。三月江南好风景，垂杨依旧念情人。杨花初见已春深，万水千山一片心。但愿学成归国后，共同创业慰忠贞。

望江南·南国天堂

千重浪，五谷泛馨香。山郭水村苍莽莽，潺潺溪水入池塘。雅静不寻常。

江流往，水阔向东方。漫漫浪涛绕崖淌，烟波浩渺掩山庄。南国似天堂。

将进酒·纪念中国共产党70周年诞辰

君可知，历史长河多少年，江山换代政权迁。君放眼，华夏文明五千载，红旗今日在人间。期逢盛世不同闲，建党七一开纪元。热血先驱浇国土，天翻地覆换新颜。荒沙西北见林苑，沿海东南不夜天。与君饮，亦机缘，将敬酒，莫停添。看人才荟萃，续中华伟业绵延。愿君报国经纶展，坦荡胸怀创造先。自古良才志难遂，雄心不肯老林泉。满怀畅饮七一酒，愿出茅庐壮思捐。委妻耕种家乡土，此去为民好梦圆。正途进，跨前沿，一展宏图瞧画卷，改革开放史空前。

双双燕·春日即景

1985年，芜湖市政府文明办公室对镜湖公园及其周围进行大规模改造。改造完成后，镜湖公园面貌焕然一新，风景秀美，游人、宾客纷至沓来，势如潮涌。我当时在芜湖市教委工作，可谓近水楼台，感受颇深，乃作一词，以为纪念。

微碧蓝天，垂柳岸边连，舟楫飞溅。花圃伸延，宛转环湖成练。百花碧草相连，万紫千红尽娇艳。龙松翠竹缘沿，相映缤纷缀点。

情人漫步其间，私语续绵绵，徘徊眷恋。沧桑变迁，更换时空谁见。八仙何故弄玄，着意江城添画卷。牛郎织女翩翩，拂柳穿花似燕。

鹧鸪天（二首）·镜湖美

烟雨微微柳色新，萋萋芳草百花馨。瑶池仙境在何处，请看镜湖三月春。花朵朵，草欣欣，鸠兹遥看雾成云。观岚亭下琴音妙，震荡园林游客闻。

雨过天晴湖面开，天光云影共徘徊。凝神两叟闲为弈，一缕阳光树间来。融洽洽，且谐谐，横飞逸兴岸边呆。无风水面明如镜，倒影垂杨乐在怀。

永遇乐·人才是富强根本

政惠人和，群贤毕至，英杰同济。五月春深，花香木秀，锦绣前程启。蓬勃园地，生机旺盛，满院芬芳桃李。值今天，求贤若渴，勤勉育人倾意。

复兴伟业，才干需求，自有良驹千里。顺势而谋，改革开放，华夏将兴起。坦途奋进，前赴后继，创造发明不止。祝君等，争分夺秒，辉煌自至。

采桑子（九首）·故乡的回忆

我少时故乡在偏僻山村，古树参天，百鸟飞翔。山岗杂草与山花相映，馨香异常。数十年后，回乡探亲，旧时土墙茅屋，取而代之是砖墙瓦屋，有的农家还盖了楼房。粮食亩产由二三百斤，一跃达千斤。少时往事及今所见，乃作数词，以为纪念。

山清水秀宜人处，云雾蒙蒙，溪水淙淙，雨过天晴见彩虹。巢湖远眺如白练，雨霁云彤，水远山重，画意诗情妙境中。

葱茏绿树桃园镜，一片梯田，池水沉鲜，麦浪稻菽无际边。飞翔百鸟通人意，燕语莺衔，喜鹊蹁跹，云雀一啼飞上天。

东山日出生机盛，树倚金霞，芳草野花，农妇荷锄种豆瓜。幽闲牲畜山岗是，鸡叫鹅嘎，猫跳犬哇，山上牛羊众口夸。

黄梅时节霏霏雨，山水连源，塘坝通联，喜雨禾苗长在田。鱼藏碧草戏流水，童子狂欣，奔向溪间，摸捉鱼虾开笑颜。

炎炎夏日能消暑，风进厅堂，衣解纳凉，廊下树荫任徜徉。村前池水最清澈，少子爹娘，相聚一堂，准许水中泳技尝。

中秋之季谷登场，稻穗金黄，五谷馨香，谈笑相欢新谷尝。一轮明月东山上，星月辉煌，火炬闪光，少女长男秋采忙。

重阳九九精神爽，云淡天高，枯草萎蒿，山上村姑砍草樵。飞禽走兽受惊后，野雉冲翱，狡兔出逃，家犬穷追狼怒嚎。

风吹肌裂初冬至，作物晚秋，喜获丰收，搭配杂粮细水流。既无农事寻游戏，温饱不愁，楚汉筹谋，玩耍棋牌乐共俦。

隆冬三九天寒冷，塘冻坚冰，大雪不停，雪野茫茫耀眼明。火盆燃点取温暖，电视频呈，时事观听，政策重农照执行。

【注】秋采：即采秋，俗称摸秋。各村青少年点燃火炬到一起交友。回家时要采点花生山芋等农作物，以示丰收吉祥之意。